길 위엔
또 다른 길이 있다

손영호 제5시집

시음사
시사랑음악사랑

시인의 말

세상 삶이 원동력의 축을 두고
돌아가는 시곗바늘과 같이
인생 또한 언어의 축에서
빛을 내고 글을 꾸미는 것이
그 아름다움이 아니겠는가
보내는 삶의 두려움보다
다가오는 삶의 희망이 아름다움이지
누구나
좌절과 희망의 성공이 있듯이
그 표현이 즐거움이 되고
슬픔이 되고
그 또한 인생의 디딤돌이 되더라
전 늘 그렇게 글로 꾸며 가며
삶을 살아가고 싶다.

시인 손영호

QR코드 스마트폰으로 QR 코드를 스캔하면
시낭송을 감상할 수 있습니다

본문
시낭송
감상하기

제목 : 길 위엔
　　　　또 다른 길이 있다
시낭송 : 박영애

제목 : 그리움만 쌓이네
시낭송 : 박영애

제목 : 겨울비
시낭송 : 박영애

제목 : 행복을 담아둔 마음
시낭송 : 박영애

제목 : 그림자 위에 내가
시낭송 : 박영애

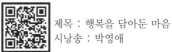
제목 : 가을은 익어가고 있다
시낭송 : 박영애

제목 : 외로운 밤에
시낭송 : 박영애

제목 : 그리움은 긴 사랑이라고
시낭송 : 박영애

제목 : 진달래
시낭송 : 박영애

제목 : 괜찮아질 거야
시낭송 : 박영애

본문 시낭송 모음

영상은 YouTube 정책 또는 운영 관리에 따라 삭제될 수도 있습니다.

시인은 자연을 이야기하고 시낭송가는 자연을 품었다
글자는 날개를 달아 언어로 날고 소리는 자연에 눕는다

＊ 목차 ＊

* 목차 *

✳ 목차 ✳

✻ 목차 ✻

길 위엔 또 다른 길이 있다

염원을 꿈꾼다
저 하늘의 낙원처럼
바람의 길 따라 나는 떠나리라

험난한 부딪침에도
발이 가는 길이면 어디든 걸어가리라

흘러간 세월
부여잡지 못하지만
그래도 가야 할 길이라면
꽃길 걷듯이 걸어가리라

수많은 날이
앞을 바라보고 나를 가로막아도
난 고난을 헤치고 걸을 것이고
푸름의 희망이 싹틀 때까지 꿋꿋하게 걸어가리라

거센 바람이
날아가듯이.

제목 : 길 위엔 또 다른 길이 있다
시낭송 : 박영애
스마트폰으로 QR 코드를 스캔하면
시낭송을 감상할 수 있습니다

시는 늙지 않는다

시는
세상에 뛰쳐나온 뒤
저
아름다운 빛을 보기 위한 것이 아니다
보는 이의 마음을 충족시켜 주기 위함이다
시집에 묻혀 고독으로 접혀 있지만
그
시의 삶은 영원한 것이다
저
어둡게 갇혀 있는
밤의 별처럼.

기억의 추억

포근하게 우리를 품어 주는
자연의 섭리
순수하고 정갈하게
마음을 피워 봅니다

사계의 빛을 뿌려 스치며 지나가는
그 세월은
몽롱한 기억의 추억

난 그런 곳에서 새 삶을 꿈꾸고 그 계절을 사랑하고
늘 새로운 맑은 샘물 마시며
흐르는 역사의 기운을 생각하면서 살아가고 있습니다.

꽃잎 지면 새잎 돋는다

꽃 피고 진다는 의미
곧 잎의 새 생명이 피어오르고
긴 여름을 견뎌내기 위한 그늘이 필요하겠지

몸을 지탱하기 위한 자양분의 수분은 밤과 낮의 경로
를 거쳐
생을 지탱하고 있다

경이로운 생활 속에서
흔들며 지나가는 바람도 살갗을 부비고 스친 봄꽃의 망
상이다

피고 지는 꽃잎도
그렇게
세월을 견디다
봄을 보내고 만다.

고해

세월의 아픔이냐
삶의 아픔이냐
흐르는 시간은 모두가 과거인 것을

오면 오는 대로
저 허공에 꽃씨 뿌려 꽃을 가꾸듯
꿈이 있는 희망처럼
그렇게 살자

그 긴 공간에 채워진
과거의 무게들이
현재의 삶에 둘러싸인다 해도
한 번씩 불어오는 바람에 날려 보내고
꿈을 꾼 듯
그렇게 지워 버리며 살자!

삶의 그 흔적은

삶은 침묵이다
진실은 인생의 도구이며
생각은 삶의 지혜이다.

마음은 자유의 길이고
가슴의 심장은 붉은 열정의 불꽃이어야 한다.

피고 지는 순간들이 나의 삶의 길이라면 내 마음은 언제
나 피는 꽃의 빛이라오!

바람이 불고 구름이 오고 비로 씻기어도
마음은 그 흔적을 남기지만
그래도 그 삶의 세월은 나에게 큰 꿈의 희망이랍니다.

봄의 애상

꽃에 매달린 향기 바람이 불면 톡톡 튀어나온 순
결들 훨훨 허공에 날아다닙니다

방향도 없이 떠도는 봄의 미풍들이 봄바람에 향기
실어 마을마다
그 열정의 애상을 뿌리네요

빛없이 갠 날엔
꽃잎 다문 무취한 거리에 향기의 그리움이 배어
외롭게 측은히 이슬 머금고 흔들리며 서 있습니
다.

설화에도 열매는 맺는다

꽃은 피었는데
마음의 온기는 없고

설화에 핀 꽃은
어찌 열매를 맺으리

너도 그렇구!

나도 그렇구!

설화에 맺은 인연같이
우리도 곧
열한 인연이 될 거야.

봄 앓이

한잎 두잎 피어나더니
꽃밭이 되는구나

난
그 꽃밭에 나그네 되어
꽃향기 따서 내 품에 숨기고

봄을
알알이 엮어
임 계신 곳에 전하리다.

사랑 1

주는 것도
받는 것도
아닌
제자리에 서서
늘 지켜 주는 사람

사랑은
변함없는 마음으로
아픔을 감싸주고
마음에 평화를 주는 것
캄캄한 터널 속
따뜻한 행복을 전해 주는 것
사랑의 쉼표에는
늘 밝은 웃음과 희망으로 맞이하는 그런 것
슬픈 눈물을 기쁨의 눈물로 바꿔줄 줄 아는
나는 그런 사람이 참 좋더라.

봄이다

바람에 실어 온다
나직이 피어오른 향기의 아지랑이가
들녘에 꽂힌 생동의 미물들이
숨을 쉬며 서릿발로 올라선다

꽃물이 오른다
산새들이 울 무렵이면
아름다운 봄꽃도 피어난다

연녹색으로 덧칠하여
봄을 그리듯
마음의 봄도 참 예쁘게 그리고 싶구나!

나의 삶은 늘 물음표

나의
일상은 늘 물음표
바람과 같이 흩어지고
구름과 같이 늘 찌푸리는 나의 일상은 물음표

해맑은 꽃잎이 태양을 보고 웃어넘기듯
저 넓은 동해바다에 치솟는 태양처럼
나의 삶은 늘 물음표

오늘도
내일도
물음표인 나의 인생
무지갯빛 같은
아름다운 그런 삶이었음 참 좋겠습니다.

봄이 오는 소리

봄이 온 듯하여
귀 기울여 들어 보니
냉기 녹아떨어지는 소리

자박자박 걸어오는 소리는
분명 봄소식인 듯한데

땅속에 꿈틀거리는 소생들이
봄이 오는 걸 아직 모를까

나도
봄이 오는 걸 느끼는데

저 남쪽에는
전년처럼
따뜻한
봄이 벌써 와 있겠지.

자멸감에 빠져들다

저 푸른 바다
들끓는 파도들이
내 가슴인 양 부글대고 있다

너의 그 한 사람 가슴에 메워놓고
저 파도에 띄운 것처럼
마음으로 바라보는 저 푸른 바다여

태양빛에 그을린 검푸른 빛 속에
이 마음 심는다

잠재에 피어나는 광채의 빛들을 저 바다 위에 뿌려 놓
고 물끄러미 바라보는 허상의 회고들

거센 파도의 너울이
마음의 표면에 닿는 것처럼
난 자멸감에 빠져들고
파도의 부딪침이 포율의 냉이 되고 있구나!

시계

오늘도
하루가 오고
그 희망의 시간은 간다

시간은
늘 이렇게 가고 오는구나

굴곡적인 마음도
하루라는 시간 속에 공백의 여유도 없이
또 이렇게 떠날 수밖에 없다

마음은 언제나 바쁜데
넌 제자리에서 째깍거리기만 하는구나

그 형틀의
그 공간에서

여기에 서서 바라보니

세월의 빛은 끝도 없고
가는 길은 멈출 수 없건만
돌아보니 모든 것이 꿈이로다

어이 저 먼 길
아득하기만 한데
조금씩 굳어 가는 이 발걸음
왜소하기만 하구나

가슴의 울림도
혈액의 체온도
멈출 것 같은 육신

이쯤
이 자리에 서서
긴 세월 한번 돌아본다.

그리움만 쌓이네

하나의 그리움
가슴에 꼭꼭 숨겨두고
세월의 미학 속에
꽃구름만 들락날락한다.

청춘은 마음에 쌓아두고
생존의 본능만이 퍼덕이고 있다

계절이 오가는 양
꽃 피면 꽃이 지고
낙엽이 물들면 낙엽 지듯

마음속에 갇힌 하나의 생은
계절 따라 미학 속에
꽃, 바람처럼
세월만 흐르고 또 흐른다.

제목 : 그리움만 쌓이네
시낭송 : 박영애
스마트폰으로 QR 코드를 스캔하면
시낭송을 감상할 수 있습니다

24

겨울의 표상

겨울의 마음이
그 찬기로 참 아리다

온온한 너의 가슴을 빌려
호호거리며
손을 녹이듯

겨울의 찬 바람
너의 입김에 난 봄인듯 싶구나

눈이 오면
눈 위에 하얀 발자국이 찍혀
겨울의 표상이 되지만

마음에 낙인들도
따뜻한 사랑으로 그 아픔을 녹인다.

묻혀버린 추억들

난 과거가 그립다

널 볼 때마다
그 추억이 꽃처럼 참 아름다웠고

세월에 묻힌 운명들
새록새록 떠오를 때면

지금도 그때처럼 난 가슴이 쿵쾅거린다

그때가
내 생애 최고의 열정이었나 보다.

하얀 겨울꽃

뭉치 뭉치 매달려 흔들린다

바람이 지날 때
고통으로 축 늘어진 하얀 백설 같은 꽃

누구나 닮아 보려는 그 순백한 마음들이
사라지는 순간까지라도
천사의 마음이어라

생의
그 마음처럼
티끌 하나 없는 결백함이
세상 속에서 탈환되고
그 얼룩짐이다

층층이 깔린 하얀 백설 꽃도
그 아름다움도
훈훈한 바람에는 어쩔 수 없이 녹아내리네!

겨울비

추적추적 내리는 고독의 빗소리
한없이 메인 가슴
빗물로 녹인다

마음을 때리는 음흉한 기운들이
날 파고드는 괴로움
낚싯줄로 꽁꽁 옭아맨다

흔적을 외면하고
모래성 같이 쌓아둔 것을
허물어야 하는 빗물의 야성

나는 모든 것에 휩쓸리고 만다
이 순간의 고통을.

제목 : 겨울비
시낭송 : 박영애
스마트폰으로 QR 코드를 스캔하면
시낭송을 감상할 수 있습니다

계절은 또다시 가고

그리움이 땅바닥에 뚝 떨어져 있다

이리저리 굴러다니는 소심들
바람에 뒹군다

야윈 마음 천공의 날갯짓으로 사뿐히 내려앉아 험준한
곳으로 밀려가고 있네

계절의 형상
곳곳에 새롭게 비치되어
자연의 자유를 다시 탈환시키고 있다

저 떨어진
낙엽의 형상처럼.

정원의 고독사

커피를 잡고 뜰로 나섰다
조용히 자리 잡고 책장을 펼치며
풀 향이 섞인 커피를 음미한다

바람에 실린 그 향기
책의 고독처럼
솔솔 날아가네

마음은 파도같이 출렁이는데
그 한 모금의 마음
넓은 초원으로 가득 채운다.

빛은 사라지고

수놓을 만큼
각색의 빛들이 물들면
심연의 빛도 채색되어 떨어진다

계절마다
잃어가는 허구성의 빛
가을
낙엽처럼 홀연히 날리네!

사무친 마음

죽도록 그립다

나에게 돌아온 건 사무친 그 아픔

날마다
널 생각해도
모습만 또렷이 되새길 뿐

내 심장에 붉은 피는
한없는 고통이었건만

끝없는 모름지기 삶
너를 부르는 그리움뿐이런가!

냉기 속에 멈춰버린

뜨거운 태양의 빛이 얼었다
생기의 미물들이 숨어 버린 채
마음도 심장에 매달려 움츠리고 언 벙어리가 되었네

살갗에 닿은 비수
혈의 용맥을 막아 버리고
차가움에 응고되어 버린 삶
그 무엇도 상기되지 않는구나!

행복을 담아둔 마음

꽃길을 걸을 때도
가을 단풍길 걸을 때도
난 늘 마음에 담아둔 그대 생각하며
길을 걷고 있다

기쁠 때도 외로울 때도 함께하며
손잡고 걷던 그때를 생각한다

꽃 속엔 네가 있고
가을 낙엽 속엔 너와의 이별이 있다

꽃을 볼 땐 너를 본 듯 행복하고
낙엽 지던 계절이면 늘 외로움 속엔
너를 생각하곤 한단다

그때가
나의 생활 정점인 것 같다.

제목 : 행복을 담아둔 마음
시낭송 : 박영애
스마트폰으로 QR 코드를 스캔하면
시낭송을 감상할 수 있습니다

향기로운 사람

꽃은
매일 보아도
그립고
사랑하는 사람은
옆에 있어도
자꾸 보고 싶다

향기는 맡을수록 행복하지만
꽃은
그 향기를 품을 때까지 수많은 고난의 나날이었다

그런 향기로움은
참 아름다운
나의 보배.

타인과의 만남

잎이 바람에 흔들리다
뚝 떨어집니다

바람 타고
그리움 싣고 아주 멀리 떠납니다

정착한 곳은
타인과 고독의 입실입니다.

계절 속에 향기는 누구에게도 피어납니다

곱게 몽우리에서 간직 다
퍼트린 그 향기
긴 날 품속으로 기어든 그 꿈의 향기는 생체 속에서 품
어내는 참 아름다운 그 향기입니다

내심의 빛이 붉어지고
연의 향기로 피어나
그리움이 연신 풍겨 나는 가을빛
난 그 가을빛의 향기가 참 좋습니다

한없이 쌓인
그리움과 그 고독들이
저 가을을 둘러싸고
상처들을 깁으며
한 계절이 또 녹아내리고 있네요.

삶이란

삶이란
한낱 바람에 이슬 같은 것
쌓을 땐 참 힘듦이
내려놓을 땐 참 쉽더라

세월에 담아 놓은 것은
다 쓸모 있다고 생각했는데
모두 정리를 하고 나니 남는 것은 빈 삶

인생의 삶은 모두 허탈함이다

이래서 인생은 빈손으로 왔다
빈손으로 간다고 했던가

마지막으로 나에게 남는 건
그 많은 세월이
꿈속에서 헤매다
꿈속으로 가는 거라고.

그리움은 떨칠 수 없구나

바람이 불어도
비가 와도
마음속에 그리움은 지워지지 않는다

꽃이 피는 계절이면 더욱 그리움이 생각나고

가을이 되면 난 그 쓸쓸함을 조용히 내려놓는다
그 잎 떨어진 낙엽처럼

흰 눈 내리는 조용한 그날엔
천사가 깔아 놓은 하얀 솜이불을 덮고 포근히 잠들 테
니까.

가을 잎 떨어지는 날에

자연의 미색들이 청산에 물들인다

바람은 그 향기를 실어 청산으로 나르네

흩어진 잔상들은 그리움 뿌려 놓은 임의 꽃잎이려니

그리움 나르리다

임으로 나르리다

한 줄기 바람으로 흩어져
청산에 그리움으로 잔뜩 나르리다.

가을 이별 속에서

아름다운 단풍잎을 남기기 위해
숱한 수액을 빨아 삼키고
냉랭한 바람 속에서
긁힌 멍 자국들의 잎

한 잎 두 잎 다 떨어지고 나면 호호한 추위가 올 테지
가을의 이별이 끝나고
그리움만 또 한없이 쌓이겠지

긴 밤 백지 속에 채워야 할 사랑의 증표들
너와 나 가을 하늘에 별빛처럼
참 아름답게 이 가을을
또 보내야겠지.

노을이 짙을 때면

인생 노을이
저 가을빛에 물들어 스밀 때
식어 가는 한 삶이
추억 남기고 찬 바람에 젖어 든다

세월에 찌들어
완성하지 못한 삶의 작품들을
저 물그림자로 남겨 놓고
파랑에 떨며
조용히 잠을 재운다

피고 진 나날이
그렇게 아름답더니
추억의 연회로
노을의 빛만 남기누나!

채색의 빛

가을은
채색의 계절이면

봄은
꽃의 계절

그 감성들은
애심의 표현이고

바람으로 마음을 흔들면
그 무엇도
아름다운 향기로 받아들일 겁니다.

가을 속에 그 고독

난 가을이 그리운 것은

단풍이 물든 그 빛깔 때문만이 아닌 것 같다

왠지 떨어진 가을 낙엽의 고독이 날 기다리고 있기 때문
이 아닐까

가을의 계절이
끝나기 전에

그 아름다운 호수의 벤치에서
낙엽 한 잎 떨어지는 걸 보며
따뜻한 커피 한 잔에
이 가을을
또 같이 보내고 싶다.

그림자 위에 내가

언제나
그림자 위에는 내가 서 있었다
수많은 갈등 위에
홀로 서서 막연히 바라봐야 하는 저 넓은 세상

바람에 쓸리기도
눈비에 젖기도 하면서
온열을 뿜어내어야 하는 마음
이 모두가 가을 속의 낙엽 같다

희미한 속 기억들은 하나씩 지워지고
그림자의 허구처럼
그냥 모습만 바라보고 있다

모두가
휩쓸려 간 그림자 속의
인생들 같구나!

제목 : 그림자 위에 내가
시낭송 : 박영애
스마트폰으로 QR 코드를 스캔하면
시낭송을 감상할 수 있습니다

가을의 여인상

코스모스 꽃길에는
가을바람을 기다린다

한들거리는 꽃송이들
가을의 여인상

높푸른 하늘은
거울처럼
청명한데

가을 향기는 듬뿍
저 넓은 천공으로 피어오르네

가을의 빛이
온 천지에 물들어

눈빛으로 다 볼 수 없어
마음으로 보려 한다.

가을이 참 좋아

난 가을이 좋아
가을 풍경을 스케치한다

가을의 향기가 좋아
커피를 마시고

오색 단풍에 홍조된 가을의 색을 품는다

푸른빛은 사라지고
홍엽이
날
가을로 바꾸네!

노을 속에 지는 인생

저 단풍잎이 물들 때면
이 가을이 내게도 다가온다

물든 황혼길이 저 빛 속의 황연이 되어 젖어 드는 마음

노을의 빛처럼
참 예쁘기도 하다

인생이 바라는
마음같이.

시감을 부르는 나의 마음

시는 언제나 나를 기다리고 있다
푸념의 덫에 이겨내지 못한 채 비워야 하는 마음

계절마다
퍼내어 얼룩의 사연들이 꽃이 되어 기쁨이 되고 또 슬픔
이 되고 그 아픔들을 나열해야 하는 시감들

난 그런 넋두리 속에서 실음의 날을 보내고 있다

형색을 바라보며 그 느낌을 반사하고 고립의 일들이 내
게 다가오면서 나날의 형색을 바꿔야 하는 나

난 늘
그런 시를 부르며 살아간다.

가을의 전경

풍요롭게 가을이 와주니 고맙다
봄 못지않게
가을꽃에 가을 향기
풀 내음 익어가는 가을 단풍
높다란 푸른 하늘에 잠자리 떼 유유히 비행하고
길옆 기다랗게 나열된
코스모스꽃들이 너울거리며 가을을 알린다
온 들녘엔 국화 향기 품으며 임 품속으로 스며드는구나!
가을바람엔 들국화 향기도 곳곳으로 날아가 가을의 청취
를 전하네.

나는 가을로 너는 봄으로

봄에는
꽃이 피어
봄을 알리는데

가을에는
풀벌레 소리가
가을을 알리는구나!

내 몸은
봄에서 가을로 왔지만

네 몸은 가을에서
봄으로 가고 있구나

아름답게 핀
꽃향기 풍기려고.

아픔 속에 그 상처

그리움이 떠난
이 마음
흐르는 물 같이 살아가네

길고 긴 여울을 지나
넓은 바다에 다다라 새로운 그 삶이든가

파도 속에 긁히어
또 아픈 사연의 상처로
냉랭한 수면 위에 흔적의 빛이 떠오르고

지나간 슬픔이
수면 깊숙이 잠기어도

과거의 그 아픈 상처들이
저 먼 수평선 너머에서 바라보고 있구나!

당신의 꽃이 되고 싶어요

당신의 자리에는
언제나
꽃 한 송이가 피어 있습니다

그 한 송이의 꽃이
내 마음속에서도 피었으면 참 좋겠습니다

난
그 꽃처럼
빛난
당신의 꽃이 되고 싶어요.

기다림

시를 읽고
행복을 품고
그리움을 씹는 한 소녀

외로움과 고독에
커피 한 잔으로 달래 보는
애잔한 마음은

가을이 있기에
더욱더
마음의 기다림도 더해간다.

가을 길

가을꽃 피는 곳이면
가을의 냄새
쓸쓸함이 피어오른다

들국화꽃
코스모스 한들거리는
가을 들녘의 길

허허한 소롯길
잔풀들이
가을의 소리에 몸 움츠리고

찬 서리 내리어
풀벌레 울음소리도 가을을 함께 알리누나!

외로움을 달래면서

천공은 뚫리고
쑥쑥 솟은 봉우리는
바람만이 기다리니
외로워 흔들린 소나무들은
윙윙 솔잎만 흔들어 울린다

밤이면 별빛 쏟아지는
은하수 건너편엔
밤마다 속삭이는 서러움이
그리움과 외로움들이 쏟아지고 있네

한없는 연모들
무한으로 생각게 하고
끝없는 이별 속엔
빛 잃은 슬픔만이 있을 뿐이다.

낙서는 나의 꿈이다

마음에 갇혀
빛을 보기 위한 몸부림

한 글의 낙서에는
또 한 글이 되고

사방으로 널려진 조각의 인멸들이

형체 속의 기둥은
그 주인을 기다린다

불씨는 희망이다

빈 패지에 난발한 낙서
그 도체의 빛은
나의 꿈으로 흐른다.

꽃

꽃이라면
난 매일 향기 속에서 향기 맡으면 살아갈 텐데
그 아름다움을 보면서 매일 행복도 느낄 텐데
난
너의 꽃향기 속에서 결실의 몸을 비비며 희망의 싹을 틔
우며 살아갈 텐데
고요 속에서
삼켜야 하는 암울함이 꽃 널 보며 새로움을 다시 느낀다
그 행복감으로.

마음의 정원들

내 마음에도 바람이 분다

꽃잎도 흔들고
나뭇잎도 흔들린다

때로는 구름을 몰고 와 가끔 슬픈 빗물도 흘리게 하구나

오늘도 그렇다

마음에 바람이 불고 있다
고독 서러운 찬 바람이 불고 있다

난 이럴 땐 꽃잎 흔들림을 생각한다

따뜻한
커피 향 피는 곳에서.

널 보면서

꽃 한 송이
마음에 가두고
그 꽃의 이름을 외웠다

왠지 자꾸
생각날 것 같아서
반나절만 생각하기로 했다

꽃의 이름만 들어도
가슴이 두근거리는 걸 보니
아마 그 꽃을 무척 사랑하고 있나 보다

지속해서
널 앞에다 두고
늘 같이 사랑했으면 참 좋겠다.

가을은 또 왔네요

가을이 오니
내가 가을이 되어 가네
풀잎에 물드는 것 같이
내 마음에도 참 아름답게 물들어 가고 있네
바람이 불세라
비가 올세라
조마조마하게 나뭇가지에 매달려 있는 마지막 잎들
가을 소리를 즐기고 있는 것 같구나
높다란 하늘에
내리쬐는 빛 줄 사이로
너울거리는 나뭇잎들이 가을의 청취를 만끽하고 있네
소리 없이 가을은 또 오고 간다
나는 그 가을 속에서
내 마음이 조금씩 익어 가는 걸 느끼고 있다네
저 푸른 하늘빛처럼
파랗게.

연정의 불꽃이 피어난다

누구의 마음일까
그토록 사모하고 그리워하는 것이
오래 묵은 고목에 매달린 검붉은 동백꽃 사연처럼

내 몸속에 묵은 향기들의 외로움들이 연정의 꽃잎에 불사
르고 있다

여울목에 흐르는 물길같이
몰려오는 파도의 물길같이
수많은 사연 거머쥔 채
아픔의 거품을 마구 토해 내고야 마는구나

세월 속에 피고 지는 꽃들은 변함이 없는데
그토록 그리워한 사모의 정은 왜 마음에서 조금씩 식어만
가야 하는가

끝없이
그 그리움을 잊지 못하면서.

그때 그 시절

어느 시골 작은 집
난 바람이 되어 가끔 머물던 곳
사계절의 풍경 속에 시를 남겨 놓은 아름다운 나뭇잎들
그 창밖엔 계절의 풍경화가 그려지고
고뇌 빛의 그림에는 늘 그리움이 싹트고 있는 곳이기도
하답니다
어쩌다 비가 오는 날이면 우울함에 잠겨 그때의 나를
그리워하며 너의 시간들을 다시 그려 보기도 하지요
그 옛날 우리들 소품으로 남아 견고하게 자리하고 있는
것들을 보며.

꽃밭에서

하나가 피니
또
하나가 피네

하나하나가 피더니
온 꽃밭에 가득 메웠네

나도 꽃밭 속에 서 있으니,
그 꽃이 되려나

활짝 핀 꽃밭에는
온 열정으로
꽃밭이 활활 타오르네!

넌 나의 가을이다

가을 속의 너

왠지 가을 속에는 너만 보인다

낙엽만 봐도
저 바람에 굴러가도
쓸쓸한 마음 할퀴고 가도

넌 나의 가을이다

긴 외로움의 그리움
그 어느 슬픔의 표정들도

넌
나의
마음 깊은 추억 속의 가을이다.

소풍 같은 인생이다

삶은
인생에 도전

빈 곳 채워 넣어야 하는
삶의 야담

쉬며 달리며 꿈을 꾸는
소풍 같은 인생이다

그리고
풍요를 즐기는 만담이기도 하다.

떠나고 없는 빈자리에서

넌 나의 이별

뜨거운 마음도 심장의 붉은 피도
영영 이별이라네

따뜻한 봄으로 내게 와
쓸쓸한 가을로 떠났네

찬 기운 도는 날
난 널 생각이 나네

가끔은
그리워도 하지.

고향은 영원히 숨을 쉬고 있다

고향의 이름은
나의 비약
내 몸에 꽉 밴 것 같다
왜 아니겠는가
추억의 상징들이 곳곳에 담겨 있는 아늑한 호수의 정원같이
그런 곳에 피어 있는 연꽃잎처럼 아름다운 고향의 그 이름
풋내기 사랑들이 그리움으로 노래하고
철없이 가슴을 풀어 젖힌 인형의 모습처럼
나는 그 고향의 뿌리를 마음에 심어 놓았다
언젠간 그곳으로 돌아가겠노라고.

나무에서 오는 사계

잎 돋아 꽃이 피면 향기 피우더니
근근이 뜨거운 빛 속에 수액을 삼키며 버텨 오던 그 여름날
찬 냉기를 이기지 못하고
바람을 감싸 안더니만 서서히 가을 잎으로 조금씩 물들어 간다
이별이 다 끝난 뒤 헐벗은 나뭇가지 사이로 스며든 겨울의 한파
하얗게 겨울옷으로 단장한 사계의 계절 속에 우리는 꽃잎에 사랑을 주고 사랑을 느끼고 빛의 고난을 겪으며 색의 풍치로 그 긴 날 넌 포근히 동면을 하누나!

가을은 익어가고 있다

때를 기다린 듯
대지에 푸르름도 한 잎씩 물든다

가녀리게 흔들리는 가을 코스모스
여인의 풍치 속에
속울음을 퍼트리는 사연 깊은 가을의 음률들이
땅속에서 퍼져 나오고 있다

바람결에 속삭이는 갈대의 비명들도 메말라 쓰러져
목마른 듯
사그락거리고 있다

가을은 이렇게 조금씩 깊어지고 있다
자연의 전령 속에
속 설움을 달래면서.

제목 : 가을은 익어가고 있다
시낭송 : 박영애
스마트폰으로 QR 코드를 스캔하면
시낭송을 감상할 수 있습니다

파도여

바다가 들끓어도
존재는 그대로이고

쓸리고 씻겨도
형상은 그대로이네

넋 빠진
파도의 울음소리
괴성으로 울려 퍼져

애끓는 마음
저 먼
수평선 너머로 달려가려는가?

난 너의 애인(커피)

난
너에
애인이 될 거야

모락모락
향긋이 피어나는
난
입안에서도
달콤한 향기 풍길 거야

누구라도
마시기만 하면 애인이 되어 줄게
오늘도 꼭 마실 거지

바로
너였으면 좋겠다.

가을

가을빛 닮았다
코스모스꽃이 하늘거린다
허공을 메운 잠자리 떼는
가을 놀이가 흥겹네

서늘한 바람엔
잔풀들이 살랑이고
익어 가는 가을이 풍요롭기만 하다

저기 저 넘실거리는
바람 줄기는 가을 파도타기를 하는구나!

빗물로 모두 씻기다

주룩주룩 내린 빗소리
바람에 날리는
빗물들이 사방으로 마구 흩어진다

창으로 보이는 풍경들은
수채화로 물들인 장신구같이 온몸 치장을 하고

홀로 외로움으로 바라보는
뜻깊은 생각 속에
마음의 고독마저 빼앗기고 있구나

추적추적한 땅 위엔
그 때묻은 허물이 벗기면서
내 마음의 신물들도 깨끗이 씻기는 듯하다.

사랑은

내가 미치도록 사랑에 집착하는 것은 사랑을 너무 좋아
했기 때문입니다

수 날 그립고 그리운 것은
사랑이 나에게 눈길을 돌려주지 않기 때문이지

그래도 사랑하고 그리워하는 것은
네 곁을 떠나면 내 마음이 너무 아프기 때문입니다

혹여 이별이 된다면 영영 가슴에 상처로 남아 잊지 못
할 인연으로 남아 가슴을 후벼파기 때문일 겁니다.

가을이 올라치면

너
내 곁에 오면
내 마음은
참 쓸쓸하단다

떠나는 이별같이 슬프기도 하단다

조금씩 물들어 가는
저 잎들은 이별의 예고인 듯
찬 바람에 나풀거리는 홍엽들이 말하고 있다

고독 서러운
가을이 오는 거라고
그리고
곧 이별이 올 거라고

그땐 난
그 외로움 앞세워
널 잡으려 온갖 몸부림으로 방황 속에 헤맨다
가을
널 따라가면서.

초원의 날개

저 초원에
청 푸른 색조
열띤 마음의 바람을 품는다

가슴을 펼치고
한껏 마시며
부푼 열정 펼쳐 놓는다

꿈의 미래
그 밝은 미소로
다소곳이 팔 벌려 아름다운 희망도 마셔 본다

환상의 그림을 꿈꾸며
그 행복도 마신다

저
대지를 품는
영혼의 날개처럼.

구주령 계곡에서

산산이 겹친 곳이여
굽이굽이 돌아간 계곡이여
겹겹이 부딪힌 메아리 울린다

고요히 흐르는 맑은 물소리
나뭇가지 스치며 지나가는
작은 바람 소리
은은히 들려오는
새 울음소리에
온몸 솟아난 욕정 다 녹아내린다

계절마다
미묘한 풍경이
또
다른 감탄의 열정이 샘솟아 나네

신선한 바람처럼
수정 같은 물처럼
다 그렇게....

그때는 몰랐지

잃을 줄 안
그때는 몰랐지
그것이 진정
내게 소중하다는 것을

떠나고 난
그 자리는 내 마음의 빈자리

흐르는 자리를 메우면서
강물처럼
따라가는 물의 수렁

운명처럼 흐르고
긴 역사처럼 묻혀간다

소중했던 나의 모든 것들
그 아름다움이.

봐도 봐도 다 볼 수 없는 것을

저 아름다움이
어찌 네가 다 볼 수 있겠느냐

너도 보고
나도 봐도
다 볼 수가 없는 것을

바람에 흔들리는
저 광경들을
어찌 네 마음에 다 담으리.

빛의 마음

마음의 신선도에 따라 생각이 맑아진다
빗속에는 비의 마음이 있고
바람 속에는 바람의 마음이 있다
파도 속에는 바다의 마음이 있듯이
우리에게는 우리의 마음이 있다
그 젊음의 쾌활은 아름다운 꿈의 희망이 전개되어
명랑한 마음을 펼칠 수 있지만
그 또한
마음의 속에는 참 아름다운 빛들이 있기 때문이다
삶의 빛
꿈의 빛
그 행복의 빛
늘 존재의 대상이고
언제나
그 존재는
살아 숨 쉬고 있다는 것이다.

물같이 살다 가리다

꺾이고 흔들린다
물의 속도 속에 물 파장이 일듯
굽이치면 소리가 나고
부딪치면 찢어진다
돌아가는 저 세월도
수 갈래의 저 길도
끝이 없이 나열되어 있지만
제각기 얽힌 굴레를 벗어 세속의 길을 걸어가고 있다
찾아서 집어 든 것은 생의 열쇠요
열어도 열리지 않는 폐쇄된 문이 어찌 이 마음이리오
계절처럼 흐르고
물같이 살다 그리 가리다.

인생 파장

현의 길이에 따라
음률의 소리가 다르듯
삶의 깊이에 따라 인생도 달라진다

푸른 바다엔 파도가 치고
저 넓은 세상엔 큰바람이 주름을 잡고
내 마음엔 삶의 구동이 퍼덕이니
존재의 가치는 생의 현에 묻으리라

저 바라보고 있는
빛의 파장처럼.

가락지

말 없는 약속

넌
네 손가락에 끼워진 그날
나와 약속의 언약이었다

너와 나
하나가 된 천상의 언약
그 가락지.

외로운 밤에

칶칶한 밤
별빛 뿌려 놓은 곳에
하염없이 마음을 토해 낸다

그리움 삼킬 때면
눈물로 깜박이다
연모의 사연
밤이슬로 뚝뚝 떨어지고

홀로 외로움
그 슬픔을 감춘 채

별빛
쏟아부은 곳에
고독만 남긴다.

제목 : 외로운 밤에
시낭송 : 박영애
스마트폰으로 QR 코드를 스캔하면
시낭송을 감상할 수 있습니다

풀잎 이슬

밤새 내린 이슬
풀잎에 송송 맺히네

방울방울 떨어져 스민 이슬
풀잎이 머금네

아침 햇살을 기다린 풀잎
구슬구슬 보석빛에 얼굴 씻어 내리고

정갈한 푸른 잎이
임인 듯
살랑 바람 부르네.

인생

찾아야 할 곳을 찾지 못하는
인생길

바람처럼 왔다가
구름처럼 가는 것이 인생이라네

지나고 나면 모두가 참 허무하지

인생은
그저
하루하루
즐겁게 살면서
행복을 주워 담는 것이
최고라 하지.

하루

반나절은
너를 생각하고

또
반나절은
너를 그리워하고

온종일 너만 생각하다
하루를 보낸다.

그리움을 찾는다

울렁이는 하나의 감성이
너를 향한 큐피드의 화살이 심장에 닿는 미로의 환상

항해하는
너울의 파도에
밀리고
또 밀려서
꿈 찾아가는 돛배야

마음의 충동이 파도같이 일렁일 때
끼룩대는 갈매기 울음소리도 참 구슬프구나

떠돌다
어느 종착에 닿으면
허무한 바람만이 내 살갗에 닿을 뿐 그리움 찾는
그 하나가
떠도는 신세일 뿐일세.

바람에 떨어진 낙엽의 연서

바람이 나무 끝에 매달려 춤을 추는 곡예
아슬한 나의 마음이 바람에 날리다

나뭇잎에 피어난 연서의 약속들이 바람에 떨어져 뿔뿔이
흩어질 때쯤이면
계절 속으로 스며든 사랑의 이정표가 되겠지

흐트러진 세월 속에
길 잃고 헤매다
떠도는 나그네인 양
바람처럼 구름처럼 헤매다
가끔은 소낙비처럼 퍼붓기도 하겠지

그 마음의 연서들은
바람의 슬픔이 되고 말겠지!

장미의 뜰

푸른 하늘에
예쁜 장미꽃을 심어 가꿀 수 있다면
이 땅끝까지 키워
하늘과 땅 사이에 온통 장미꽃으로 꽉 메울 것이다

너의 몸에도 둘둘 말아
장미꽃으로 사랑을 축제하고
행복의 꿈을 만들어
나의 마음에
널 마음껏 뒹굴며 뛰어놀 수 있게 장미밭의 정원을 만
들어 놓을 것이다

세상 하나의 꽃 장미로
너와 나의 침실을 꾸미고
단화한 평화 속에 내락의 품으로 꿈을 이루어 나갈 것
이다.

청춘을 잃어 버릴 때

나는 봄이다

봄을 기다리는 사랑 꽃이다

향기도 풍기는 가냘픈 여인의 꽃이다

어찌 보면 참 아름답다

익어 뭉개진 세월의 꽃처럼
그 더운 여름의 빛에 그을린다

푸르름이 시들어지고
살갗의 빛을 잃고
삶이 고사하면

나는 봄의 꽃을 잃어버리고 망연자실하고 만다.

봄꽃 사랑

온갖 꽃들은
봄이라서 제각기 피는데
내가 기다리는 봄꽃은 아직 피질 않고 있네

봄에 핀
그 꽃향기는 누구에게 향수에 젖을 것인가

그리운 임이기에
봄꽃 소식 물을 길 없으니

내 품 속에 그 봄꽃 사랑은 임 향기 그리다 지치겠다.

고요의 기류는 허상일 뿐이다

매일 허상을 생각하며 몸부림을 치고 심장의 뿌리를 뒤흔
들어야 하는 바람의 날갯짓
소리 없이 다가오는 고요의 적막 속엔 청푸른 혈류들이 온
몸을 감회하면서 몸을 짓누르고 있다
뿌려야 할 곳에 깊이 뿌리지 못하고 선회하면서 감미를 느
끼는 것이 바람의 몸짓이라 했던가
그 어떤 것보다
붉은 순정의 깃발이 아니던가
그 희열에 매도 되어 뿌리째 흔들리는 고통의 갈망
저 바다가 들끓는 파도와
붉게 핀 장미의 꽃을 오가며
내 몸을 식히며 그 열정에 아름다움이다
깊은 밤의 기류 속에서.

겹 바람

바람아 멈추시오

떠나면
모두가 그만인 것을

흔적 지우고 떠난 것은
너뿐이 아니든가

홀로이 외로워 바람 따라가려니
가슴에 큰 이별

그 바람이
겹 사랑이 되었구나

세상이 나를 가두다

밝은 빛이 가고
서산에 그림자 내리면
어둠 속에서 그리움이 찾아온다
우두커니 앉아
옛것을 하나씩 되뇌며
점 찍어 가둬 놓은 아름다움들이 삶 속에서 꿈틀거리고
꽃잎에 향기처럼
인생의 영감들을 저 깊은 곳에 세상의 삶이 되누나
높낮이도 모르는 세상의 울 안에서 그저 피고 지는 인생의
꽃들만 담아 놓을 뿐이다
세상의 꼭짓점에서 서로 생이 갈리고 갇혀 있던 마음들이
꽃을 보면 웃고 낙엽 지면 슬픔을 아는 그런 삶 속에서 행
복을 만들어 아름다운 빛의 삶으로 꺼내 놓으리라
지워져 가는 하나의 마음들을.

비 오는 날의 수채화

비는 주룩주룩 흐른다
내 마음에 쌓인 외로움이 흐른다
고요히 흐른 소리는 마음의 창에 부딪혀 슬프게 들리
는데
어이 감정은 저 빗물의 눈물 같으랴
애써 커피 향에 마음을 달래려 하지만 녹아드는 상념의
마음은 어쩔 수 없네
떨어지는 꽃잎과 같이
비 오는 날 수채화 속에서 고요히 묻혀 그냥 쓸쓸히 지
나가네!

마음에 뿌린 꽃씨

날마다 웃고
날마다 행복하고
꽃 피는 곳에 늘 즐거움이겠지

마음에 뿌려놓은 꽃씨는 싹이 틀 줄도 모르네

언젠간 싹이 트고
푸르게 자라
찬란의 빛 피울 때
웃음과 그 꽃이 될 텐데

뿌려 놓은
그 꽃씨는 행복의 꽃을 피울 텐가?

그리움은 긴 사랑이라고

마음이 말한다
그리움은 슬픔이라고
마음을 뚫는 바람이라고
흐르는 구름에 떨어지는 빗물처럼
땅속 깊숙이 스며든 아픈 눈물 같다고

끝없이 기어들어
억누르며 파고드는 생각들
계절마다 들끓는 물거품들이 하얗게 일어났다
다시 사라지고 하는 마음의 파도라고

그 그리움의 삶
외로운 그늘 속에 숨기고
가지런히 마음으로 받아들이는 고독의 사랑
메마른 땅에 빗물 기다리듯
애타는 그리움은
아프고 긴 사랑이라고.

제목 : 그리움은 긴 사랑이라고
시낭송 : 박영애
스마트폰으로 QR 코드를 스캔하면
시낭송을 감상할 수 있습니다

천상의 빛

티끌 하나 없는
푸른 하늘의 빛이여
우르르 보기 부끄러운 천상
그런 그늘의 삶이
어찌 행복의 빛을 볼 수 있을까

철철이
담아야 하는 빼곡한 일들이
하나의 마음 세상이 되고
떨구어야 하는 야기들이 표식으로 잠을 재우고 있다

보는 만큼 아름다움을 채운다면
내 마음의 세상도
저 푸른빛의 그리움이 될 거야.

진달래

내 고향 언덕배기
연분홍 진달래
아름아름 뭉치여 봄을 알린다

봄바람에 나풀거리며
나비처럼 춤을 추고
따뜻한 해님 보며 봄 웃음 웃어준다

꽃잎에 입 맞추던
아기 진달래

피고 지고 피고 지고
내 고향
진달래꽃

제목 : 진달래
시낭송 : 박영애
스마트폰으로 QR 코드를 스캔하면
시낭송을 감상할 수 있습니다

그때가 나에겐

바짝 마른 장작
불꽃에 활활 타오른 그 열정들이 혼미한 영혼으로 모두
묻어 두었네

지금에야 다시금 생각이 꽃의 열정처럼 피어나네

묶어 담아둔 그 꽃은
그때의 미련을 잊지 못하는가 봐

추억이 머무르던 그곳에서
바짝 마른 청춘으로
사랑이란 단어 속에 묶여
깊은 추억의 잠에 빠져있었구나

그 긴 날
몰랐던 그때
그것이
나에겐
첫 순정이었다는 걸.

너

빗물에 이슬처럼
해맑게 웃는 너
청초한 햇살에 마음 녹아내리고
파릇한 풀잎은 봄빛에 젖어 드네

그립다 불러 봐도
넌 향기가 되리니
코끝에 스친 넌
파릇한 풀 내음으로 내게 오누나

언제나
풀꽃 되어
나에게 풀 향기로 와 줘.

석양에 노을이

어둠 내려앉는 석양의 그림자
노을이 서산에 잠드네

흐릿한 모습 젖어 드는
빈손 거머쥔 길손이여

오색의 빛들이
야경에 푹 번지어
화원의 모습처럼
고요히 꿈에 잠긴다.

임 기다리는 날

허전한 마음
늘 꽃피는 기다림의 사랑
포근한 바람의 향기 속은 애수에 젖는다

꽃 필 때
성큼성큼 다가오는 풍물들이
상념으로 젖어 드네
아름다운
봄의 계절 속으로

동산에 꽃 뿌려 띄워놓은
그 향기는 임 보실 날 기다리며
곱게곱게 단장해서
사뿐히 지려밟고 옵소서.

마음의 봄

따뜻하다
온기의 빛이
마음의 꽃을 그린다
봄의 그림을

그 하나의 마음은
나의 그리움
그리고 나의 고독

아지랑이 출렁일 때는
꽃나비 춤을 추고
봄 기다린 내 마음도 너울에서 잠들겠지.

한 해를 맞이하며

또 하나의 백지 위에 서 있다

그 위엔
수많은 좌표가 기다리며 수를 놓고
위치에 짝을 만들어 나열하려 한다

공백을 메우며 분노에 격찬 일들
또 감사의 일들
깊이 남길 사랑에 일들까지

새로이 하나하나씩 그늘이 아닌 밝음으로 세상에 디뎌
나가야겠지
미래 꿈의 현실을 위하여.

운명

애매모호하다
만남의 인연 그 사랑의 언어들
꽃을 피운 여년들의 세월
그 깊은 곳에 남아
운명처럼
내 마음 잡는다

떨치려
만남의 이유를 알고
서로의 감정엔 사랑의 시작이란 그 말
난 한 짝이란 걸 알았다

생각은 상념이다
깊은 곳에 답이 있고
또 다른
운명의 세계가 있다는 걸.

세월을 삼키면서

들리면 들어라
보이면 보아라
듣고 보이는 것은 나 스스로 삼켜야 하느니라

흐르면 흐르는 대로
불면 부는 대로
그렇게 흘려보내야 한다

인생은 꽃과 같은 것
피었다가 지고
꿈처럼 흐르고
춘몽이 지나가면 쓸쓸한 가을의 노을이 짙어진다

행여
내가 바라는 게 있다면
그때
그 시절을 잊지 않고
꼭
기억해 두는 거라네!

인생은 명품처럼

아름답게 살리라

그리고
후회 없이 살아가리라

내 인생이 병풍처럼 펼쳐 놓고
삶이 최고로 값진 명품이 되게
그렇게
살아가리라

꽃 필 때 꽃 피우고
눈비 올 때 눈비 맞으며

그래도
세상에 하나밖에 없는
최고의 명품처럼
그렇게
살아가리라.

괜찮아질 거야

괜찮아
너
그 슬픈 표정을 보면
내 마음도 아프잖아

나도 한때는
너처럼
그 아픔을 이기면서 힘든 때가 있었지

그 아픔의 시련은
세월 속에 묻히면서 서서히 아물어 지더라

너도
그 세월만큼 앓고 나면
괜찮아질 거야

아픔은
곧 성장이니까.

제목 : 괜찮아질 거야
시낭송 : 박영애
스마트폰으로 QR 코드를 스캔하면
시낭송을 감상할 수 있습니다

세월 가는 대로 살아야지

화사한 빛깔
너울에 춤을 추니
한 철씩 가는 마음 흐르는 물 같도다
어쩌다 갈망 속에서 벗어나지 못하여도
세월 가는 대로 따라 떠나는 몸이 어찌 원망이 있으리오
반평생 살아온 이 몸
많이 지치고 닳기도 하였답니다
가는 길 돌아서서 멈출 순 없어
지금은 힘없이 발길 가는 대로 그냥 따라가고 있다네
꽃 피면 꽃을 보고
낙엽 떨어지는 날
그 낙엽을 밟으며.

풀밭

한 톨의 씨앗이
저 푸른 초원의 풀밭이 되었네

이슬에 젖은 흠처럼 한 풀잎은
예쁜 열매를 맺었구나

햇빛에 빤짝인 풀잎 사랑
옥구슬로 꿰매어 달고

봄나들이 불어온
저 바람에 화들짝 놀라
땅속으로 숨어 버렸나

세월 가고 나면

덧없이 가는 줄 알면서
부여잡지 못하는
저 세월아

한탄의 고삐를 잡고 탄식한들 서러움만 고하다

한 계절씩 부여 담은 곳엔
청춘이 실려 있고

떠난 자리엔 빈 그림자뿐이네!

사랑 2

넌 나의
아픔이라면 또 하나의 운명이 내게 온 거지

느낌이
파도처럼
울렁인다면 또 하나의 사랑이 아닐까

저 파룻한 봄빛 속 아름다움은
너와 나의
행복일 거야

꽃향기 듬뿍 머금은
늘
그때처럼
사랑이 내게
또 온 거라 말하겠지.

벚꽃

하얀 눈송이처럼
소복소복 나뭇가지에 매달려
바람에 출렁거리며 한 잎 두 잎 떨어지는 하얀 벚꽃

봄 가슴 헤치고 벚꽃 한아름 안고 향기 풍기는 봄 처녀

꽃치마 펄럭이며 향연 하며 봄을 즐기네

바람의
나래 펼쳐가며.

매화꽃 향기에 취하다

춘풍이 불어
나뭇가지 흔들어 대니
꽃잎이 놀란 듯
매화꽃 향기 풍기도다

군자의 마음을
아는 듯
벌 나비 시샘하네

가지 끝에 매달린 바람은
꽃향기 몰아 달아나고

내 마음 뒤엎을세라
향기만 뿌리고
저 멀리 떠나 버렸네.

널 알아 버린 나

사랑이
뭐인 줄도 모르고
난 널 알아 버리고 말았네

널 안 순간
난 세상의 삶을 알게 되고
나의 존재 이유를 알게 되었다

밀려오는 물줄기처럼
강박의 압력을 움켜쥔 채
세상의 미로 속에서 꿈처럼 흘려보내야 했고

현실의 동아리 속에
내 삶을 주워 담아야 하는 운명들

너와 나
하나의 공동체로 묶인 사랑의 벙어리가 되어 버렸구나!

빗속에 쌓인 그리움

온 밤 내린 비는
아침까지도 내리네

떠난 임 슬픔인가!

주룩주룩 비는 자꾸 내리네

하염없이 쌓인 그리움은 빗소리로 조용히 들리네

그
추억이 떨어진 자국에는 상처의 홈만 파였구나!

그리움은 사랑이다

그리움이
너이다

사랑하기 때문에
그리움이 생긴다

난
널
꽃 같은 향기로 품을 거다

그 그리움이 사라질 때까지
난
널
그 향기처럼
그리워할 거다.

산이 좋다

산이 참 좋다

산엔 시원한 바람도 불어 주더라

산이 좋아 산에 가니
산새도 의미 모른 울음도 울더라

산엔
아름다운 꽃도 피고
새도 울고
시원한 바람도 불고
나를 흔쾌히 받아 주는 그런 산이 있어
참 좋더라!

꽃물

꽃물이 들었어요
빨갛게

나에게도 꽃물이 오나 봐요
마음이 싱싱해졌어요

예쁜
봄꽃처럼요

사계절 다 꽃물로 빨갛게 물들어 있었으면 참 좋겠어요

그 열정의
봄꽃처럼.

사랑 3

너로 인해
그리움이 일어나면
난 사랑을 배우고

너로 인해
이별이 오게 되면
난 눈물을 배우게 된다

그리움도
눈물도
모두가 슬픔이고 아픔이겠지

난
그래도
그런 사랑이 참 좋더라.

순정

세월의 땅에는 웃음의 씨를 뿌리어 한껏 즐겨야지

나뭇가지에 새싹 돋고
열매 달아
세월만 바라보고 있는
그 청춘
붉게 익어 순정 꽃을 이룬다

바람 불세라

비 올세라

허구한 날 바라보다
어느 날
그 열정에 꽃씨가 되어 버렸네!

웃음

마음의 웃음은
얼굴이 해맑게 미소가 피어납니다

따뜻한 햇살처럼
밝게 빛나는 모습들은
마음의 생동이 일어나고
초야에 새초롬하게 흔들어 주는 바람길 같구려.

미소

난
그대 기쁨이 되길 위하여
오늘도 미소 띠웁니다

늘
그대 웃음을 보기 위해
내 마음부터 정갈하게 하고
그댈 보면 미소로 화답합니다

돌아오는 건
나의 행복과
그 기쁨이랍니다.

의미 그 말

너도 겪어 봐라

그땐 말의 뜻을 몰랐다

참 아름다운 말인 것 같았는데

내가 겪어 보니 모든 것이 심적 통증이더라

그 세월만큼 무수히 닳고 느껴 본 인생들

어쩜
저 별빛같이 아름다운 난관의 벽일 줄이야

그래도
그 빛은 사라지지 않는다.

길 위엔
또 다른 길이 있다

손영호 제5시집

2024년 4월 24일 초판 1쇄
2024년 4월 26일 발행
지 은 이 : 손영호
펴 낸 이 : 김락호
디자인 편집 : 이은희
기 획 : 시사랑음악사랑
연 락 처 : 1899-1341
홈페이지 주소 : www.poemmusic.net
E-Mail : poemarts@hanmail.net

정가 : 10,000원
ISBN : 979-11-6284-527-1